정사

정 사

이택화 제 3 시집

차례

제1부 첫데이트 *9*

제2부 정사 *47*

제3부 몸은 거짓말하지 않는다 *73*

제4부 트럭 위에 실린 하늘 *95*

제1부 첫데이트

첫데이트

끝까지 잊히지 않을 몸의 음계
포옹 …… 키스 …… 섹스가 빚어내는
풍만의 땅을 향해 외출을 서두른다

충만의 정수리를 물어뜯는 고독
홀로 견딜 수는 없다
허무의 물줄기 연장하는 인생
웃음 물고 누군가와 흘러야 한다

삶의 풍요를 위해
젖가슴은 부풀어 오르고
숲이 무성해지며 육체가 여물어가는데

이름이 불리지 않은 남자가
상상의 마포를 두르고
꿈의 빈터를 채우며 다녀가는 것으로는
만족할 수 없어

영혼이 벌거숭이 육체가 되고
육체가 투명한 영혼이 되는
첫데이트를 위해 거울을 보니

내 안에 또 다른 내가 있다
그리운, 참말로 몹시 보고픈
내 안에 진짜 내가 있다
거부할 수 없는, 절대로 놓아줄 수 없는

사랑으로 네게서 하늘의 비밀을 들으며
사랑으로 내게서 세상의 중심을 발견하며

"오롯이, 사랑으로 살다, 살다, 영원히 살라"는
신의 선물, 신의 섭리 함께 차근차근 풀어갈

한 남자 벌떡 일어나 손을 든다
처녀의 문 밀고 들어서는 나를 알아보고

기차 여행

소중한 믿음을 지키는 순한 눈 같은
부드러운 능선 사이로 기차 지나간다
우리를 싣고
우리는 접촉한 어깨와 다리의 따스함이
좋은 동행자

출발역에서 도착역까지 인생은
사향 싼 종이처럼
값지고 귀한 믿음들 지켜 잊히지 않을 사람들
기차칸수 만큼 남기는 것!
부모, 자식, 친구, 스승, 부부, 연인, 이웃 중 십여 명 정도
열 손가락 접었다 펴며 헤아리는 정도의 소중한 사람들
인생의 행간에 끼워넣는 것!

그대 어깨의 따스한 온기로
겨울날 기차 철판처럼
내 속의 냉정하고 차가운 피
상처낸 자에게 복수하고 싶은

굳은 치즈 같이 딱딱한 죄악의 덩어리
녹여내며 살았으면 좋겠다

그대 다리의 따스한 열기로
잊혀지지 않을 귀중한 인연으로 남기 위해
그리움을 세워둔 사람이 사는 역을 향해
기다리는 것이 아니라
찾아가며 살았으면 좋겠다

그대를 만날수록

그대를 만날수록
내 속에 숨었던 신의 감각
순연(純然)히 솟아오르네
사랑은 나의 오감을 바꿔
새로이 태어나게 하네

그대가 이끄는 그리움 따라 가다보면
무심히 흘려 듣던 노래가사 다 내 마음이고
무관심하게 지나치던 자연현상 다 그대와 관련된 노래되네

"그대의 모습은
누구나 감탄하고 돌아볼 금빛 찬란한 동상
그대의 피부는
계절마다 피어나는 신의 피부: 꽃
그대의 말은
세상의 사물에 열려 발화되는 시
그대의 향기는
맑은 호수의 수면에 떠도는 수선화 향기

그대의 한숨은
세상의 발에 눌린 소망 감싼 보드라운 바람 ……"

오케스트라의 합주처럼 이 모든 것 화음을 이루며
하루종일 연주 중일 때
관습과 편견의 강가에서 나는 건져져
살아 있다는 느낌 그대로
살아가는 무늬를 내 스스로 직조하네

상상을 불러다 그대를 만들고
세상을 끌어다 그대의 배경을 만든다며
주변사람들이 웃어도
후회하지 않을 시공간 속에 나는 환하네

사랑의 꽃은 얼굴에 핀다

만나자는 연락; 그대의 호출은
사랑으로 다친 상처 아물게 해
심장의 따스한 피돌기, 단절을 거둬내고
아집의 문 열게 해
타인과의 경계선, 이 방 저 방 팔짝 들어서며
먼저 인사하고 웃게 한다

이것보다 더 좋은 소식은 없어
씻고 바르고 입고 나설 때
콧노래 향내처럼 감출 길 없는데
희끗희끗한 머리 염색하시던 할머니 말씀

"사랑에 빠지더니 얼굴이 꽃됐네!"

부끄러워 고개 돌리니 현관 거울 속 얼굴은
한 다발의 꽃묶음!
미소짓자
입꼬리 귀밑까지 밀리며 웃는 꽃들!

아하, 사랑의 꽃은
감출 수도 지울 수도 없게
얼굴에 피는구나!

소풍

고압전류 흐른다
행복에의 감전
이런 행복이 정말 내 것일까

열 번도 더 가본 대청호
그 곳으로 주말에 바람이나 쐬러 가자는데
행복의 급류를 타느라 잠은 오지 않는다

대바구니에 김밥, 딸기, 비스켓, 음료수 챙겨 놓고
어둠이 깃털을 털어 여명을 언제 깨우려나
창밖을 내다보기 여러 번

상큼한 벨소리 울리고
오월의 수정; 햇살 창가에 들 듯이 차에 오른다

차창에 비치는 나무의 연두빛 눈동자들 중앙
운전대를 잡은 그대의 모습에 잠시도 눈을 뗄 수 없고
연녹색으로 물드는 내 몸을 타고

울려대는 클락숀 소리 머리는 어지러워

대청호 풍경은 모두 물러 앉고 만다
사각 돗자리 위의 그대만 남기고

세상 어디에 높은 댐이 있어
이 사랑의 물줄기를 가둘 수 있으랴!
세상 어디에 차가운 물이 있어
이 온몸의 열기를 식힐 수 있으랴!
세상 어디에 시샘 많은 새가 있어
이 푸른 빛 갈망도는 눈을 쪼을 수 있으랴!

사랑한다고 말해!
너무 사랑한다고 말해!
대청호 가늘고 긴 몸을 늘여 속살거리자

꿈인 듯 달작지근하나
팽팽히 긴장된 고요, 마른 침 견디지 못하겠어

딸기 요지에 찍어
말없이 권한다

첫포옹

모래 위 찍히는 발자국 같이
사랑하며 오는 동안
고통과 죽음은 친구나 이웃의 몫이었다
우리는 다만, 모래 알갱이처럼 단단한 추억들 모으며
바다까지 원하여 왔다

처음 손을 잡고 바다를 걷는다
빛의 파장, 하얀 줄무늬 청색, 동해 물줄기
심장에 들어 부어져
순간 순간 열리고 닫히는
아뜩하고 소란한 황홀

원, 한, 다 깊은 포옹;
하나이고 싶은 열망
사랑한다는 맹세 아래!

푸르른 시선 집중
기어이 봐버린 수영복 위의 열린 가슴팍

소금끼 목안에 하얗게 서려
목마름, 살아 튕겨나는 목마름, 빛깔 좋은 갈망에 겨워
바다 속으로 뛰어든다

달려온 두 팔, 감기는 목
연쇄 폭발하며 파도가 거품을 낸다
다이빙하며 하늘의 구름이 거품을 문다
수천, 수만의 푸르고 긴 혀들 몸을 핥는다

오늘, 비로소
육체로 환생한 바다에 들었다

사랑할 때는 자존심도 옷을 벗는다

그대에게 전화가 오지 않는다
그대 입술 닿았던 나의 귀는
사랑의 음률을 기억하는데
한낮을 새 하얗게 표백할
그대 목소리 필요한데

일감은 탁자 위에 쌓여만 가는데
핸드폰이 꺼진 걸까 들여다 보아도
동전만한 자존심의 무게 천금 같아서
전화기 숫자 누르지 못하고
둥그런 젖가슴만 누르네

마침내 어깨를 내리누르는 어둠의 무게에
기우뚱, 그리고 희미한 의심
약속 시간에 울리지 않는 전화벨처럼
사랑은 지켜지지 않는 약속인가?
실망을 한 땀 한 땀 수놓아 옷을 만들어 입어도
그대의 목소리 듣고 싶다

사랑은 체념을 가르치지 않는다

사랑의 다리에서 갈망으로 서성이는 동안
특급 우편보다 빠르게 이메일의 보내기 단추를 누른다

"사랑할 때 사람들은 옷을 벗습니다
그 때
자존심도 옷을 벗을까요?"

첫키스

풀과 나무들 서서히 몸을 감추고
밤이 왔을 때
신실한 믿음의 발 한 계단 올리고
기름진 소망의 발 다음 계단 올려
정자에 오른다
각자의 침소로 돌아가기에는
사랑의 불길, 정념의 뜨거움 강렬하므로

정자 아래 호수는 바람기 없어
어둠을 섞은 살갗 달빛 아래 적요하고
보여도 보이지 않는, 보려 해도 보이지 않는
긴 응시, 침묵의 긴 기다림
분침은 세 바퀴를 돌고 있는데

그 때 밤새 우는 소리
다가오는 그대 발소리

환희의 떨림만으로 사랑이 오래 지속되지 않으므로

사랑의 방부제; 찬미와 경배의 무릎을 꿇는다
사랑은 물흐름 같아서
낮은 자리에 있을수록 썩지 않고 <u>흐르므로</u>

고개를 숙인 그대가 얼굴을 감싸쥐고 눈을 들여다 볼 때
그대는 내 눈동자 속에 든 뜨거운 불가마

불가마 속의 밀랍인형처럼 녹고 있다
녹아서, 다 녹아서
나는 내가 아니고 그대도 그대가 아니다

내 뺨에 그대 뺨을 겹쳐 놓고
행복의 징후들이 달아나지 못하도록
영원의 화인(火印); 입술에 압인(押印)한다

기억 어디선가 맛보지 않았을까?
황홀이 단번에 만들어지는 혀의 감촉
새로이 내 혀에 구축되는 기막히고 오묘한 맛의 돌기!

프렌치 키스

혀가 사랑의 뼈 만지고 싶어
길게 자신을 늘여
그대의 머리뼈부터 다리뼈까지
두개골흉골늑골쇄골골반대퇴골슬개골수근골족근골
집요하게 만져본다

혀가 사랑의 불 밝히고 싶어
불씨 갖고 들어가
파란 불꽃 심지 돋워
눈코귀목가슴팔다리손가락발가락 구석구석 산불을 놓는다

혀가 사랑의 별 달고 싶어
뇌수를 타고 올라가
그대의 정수리에서 스스로 별이 된다

사랑하는 남녀에게 옷은 문이다

사랑하는 남녀에게 옷은 문이다
문을 밀고 들어서면
따스한 불빛 아래
정겹게 차려진 식탁처럼
옷을 벗기고 들어서면
정신을 곁들인 맛있는 몸의 식사

사랑하지 않는 남녀에게 옷은 벽이다
얇은 망사 몸 비치는 옷일지라도
벗고 싶지 않으면
바람을 거절하며 튕겨내는 성벽처럼
옷은 몸을 지키는 굳건한 옹벽

애무

-2001년 12월 31일-

그대 곳곳에 숨은 불구멍을 찾아 불씨를 넣어라
촛불도 가물가물 주저앉아 그을음을 끌며
지침을 호소하는 마지막 밤
2001년은 삶의 숨은 사막 건너느라
십이월 삼십일일도 쉬지 않고 사르고 있다
실제 새 천 년 일년간 하루하루 꽁지에 불당겨 살아왔는데
끄슬린 새마냥 변함이 없구나, 새 날개는 돋지 않을 모양
그러나, 하루가 남았다
오늘은 너에게 불을 당기리라
그래서, 오늘만큼은 행복의 깃봉에
빛나는 깃발을 장식하리라, 단 하룻밤일지라도
그대의 숨넘어갈 듯한 현기증
그대도 나처럼 떨고 있구나
저절로 알아지는 그대의 느낌
두 견고한 빗장 풀어 바람 넘나드는 소리
불구덩이 열리고 솟아오르는 불새들
입김만으로 상대를 이리도 놀라게 할 수 있단 말이냐
돋보기 안에 모아지는 햇살의 정액으로
오그라들며 타는 검은 종이처럼 그대의 허리는 휜다

살결마다 돋아 오른 미세한 신호등
신호등마다 홍등 켜졌다
다른 발걸음 모두 멈추고 그대의 몸은
흔들리는 길 타오르는 불이 되었다
지키지 못할 사랑의 약속을
오늘밤 서둘러 끝내지 않으리라
지체가 때로 황홀한 날도 있으니
오늘 같은 밤
뜨거운 불길로 방안이 떠들썩하다

처녀막을 찢어

쾌락의 길을 내었네
생산의 밭을 만들었네
처녀막을 찢어

거부하지 마라
아까워 마라
잃지 않고 얻으려는 헛손질을 멈춰라
잃어야 얻을 수 있느니

벽에 박히는 나사못처럼
비명을 지르며 자리를 내준 후에야
벽과 못이라는 이물체가 물건을 걸며 쓸모 있어지듯이
처녀막을 찢어
그대 내 안에 들여야
껍질이 벗겨진 견과류처럼 고소하고 맛있는
생이 열린다

내 것을 파괴하는 소멸의 문 열어야

열락의 정원에 꽃이 피고 새가 운다
번지는 환희;
사랑하지 않을 수 없는 기막힌 선물;
아이를 얻는다

그리움이 벚꽃이 되는 길

그대를 못 본 지 오래
그리움으로 벚꽃이 되어 가고 있습니다

목피에 갇힌 그리움은
그 여린 손끝으로 그리움을 향해
목질을 파면 뚝 뚝 묻어나는 붉은 피
어둠의 벽을 파면 드러나는 흰 뼈

드디어!
그리움을 향해 몸을 쑥 내고
흰 뼈에 배인 핏빛 몸; 분홍꽃 흔들며 탄성입니다
그리움들 나무 가득가득 매달렸다고
같은 그리움들 저렇게 많다고
같은 그리움을 가진 이 땅의 사람들
그리움으로
같은 그리움을 가진 이 땅의 사람들
알아봅니다

너도 그리움이구나!
너도 그리움이구나!
너도!
너도!
너도!
너도!

·
·
·
·
·
·

무언의, 그리움의 언어; 향기를 날리며
그리움이 꽃길을 열며 북상하고 있습니다
그대를 만날 희망이 크고 있습니다
그리움이 꽃이 되는 길을 가르치고 있습니다
그대에게 가는 길을 알려주고 있습니다

우리는 그리움으로
벚꽃이 되어 가고 있습니다

내 몸에 우표를 붙여

그대가 있는 곳으로
긴 목 빼어 그리움을 삭히기에는
의심의 생솔가지 태워 심장을 졸이기에는
그대 향한 내 사랑은 너무 자라서
그대 향한 내 사랑은 너무 길어서
그대 향한 내 사랑은 너무 높아서
내 몸에 우표를 붙여 우체국에 갑니다
사랑의 무게를 달고
두근두근 열어 놓은 심장에
그대에게 가도 좋다는 허가 도장을 받겠습니다
배달되는 순간
그대의 손에 입구가 쭉 찢어지면
눈물로 구석구석 깨끗이 닦아낸 사랑의 진실
피로 송글송글 꼼꼼이 새겨둔 맹세의 문신
거짓 없는 사랑의 알몸으로 읽히기 위해
내 몸에 우표를 붙여 우체국에 갑니다

연애 편지를 보내다

세찬 어둠의 눈꺼풀 몰아내는
따스하고 고운 이름 아래

온몸을 유영하는 짜릿한 손가락의 감촉
허기진 가슴을 달구는 입술의 접촉
영혼까지 관통하는 성기의 촉감
느끼고 싶다
대신

보, 고, 싶, 다
그, 립, 다,
사, 랑, 한, 다
로 글자를 바꿔 보낸다

질투

주말 혼잡한 성안길 많은 사람들 속에서
큰 키, 머리 스타일만 보고도
금방 그대를 알아보았다

그러나 반가움은 순간
그대가 다른 여인과 팔짱끼고 걷는 걸 보고 말았다
외마디 비명과 탄식
세상의 모든 통증 회오리로 머리에 모이는가
두통이 머리를 세차게 물어뜯는다
심장이 불에 달궈진 꼬챙이로 마구 헤집어진다
행복할 때만 발을 허공에 딛는 게 아니구나
배신을 저주하며 추락하는 신뢰의 뭉개진 얼굴 속에
복수의 칼날을 가는 핏빛서린 광포한 증오의 불빛; 눈빛에
속는 자의 쓰라린 고뇌가 어룽거린다

내 사는 동안
가장 강력한 분노가 일상을 질식시킨다
살아있는 꼼장어에 칼집을 내어 가죽을 쫘악 벗기듯

산 채로 칼에 꽂혀 물고기가 구어지듯
질투의 칼날에 꽂혀 나의 일상이 구겨지고 부서진다

이 땅의 사랑하는 사람들은 어떻게 용서하며 사는가?
질투는 사랑의 또 다른 이름이고
사랑은 구걸이 아니기에
피투성이 질투를 잠재워 용서의 자리까지 가기 위하여
핏물 하얗게 닦아내는 인내가 있어야 한다고?
그래서 사랑은 성숙으로 가는 길목이라고?

사랑의 수의

그대와 싸우고 돌아온 날
검은 수의를 입고
검은 방에 누워
죽음 속에
나를 가두었습니다
황막한 바람 부는 시가에서
감사의 기도를 드릴 만한 사람을 만난 것은
얼마나 크나 큰 행운인가
를 좀먹는 권태가 사랑의 둑을 허물고
팽팽한 행복감이 기진해 가는지
그대 앞에서 화를 내고 만 것을
장사지내려고 수의를 입었습니다
나는 그대를 버리고 나로 돌아가려 했습니다
홀로 고독의 독주를 마시던 날로 돌아가지 못하도록
길이 보이지 않게 검은 방에 누웠습니다
죽음은 탄생과 한 통로입니다
순결의 외투를 입고 그대에게 가기 위해
죽음의 문을 열고 값비싸고 까다로운 시련을 견디겠습니다

죽음이 내 뇌를 열어 생선가시처럼 돋은
권태와 불행의 가시를 뽑아내는
하얀 태양이 뜨는 아침까지 죽겠습니다
하얀 햇살이 깨우는 아침에 수의를 벗고 태어나겠습니다

결혼의 네 기둥

사랑

딸아, 남자를 함께 살고 싶을 만큼 사랑하느냐?
축복과 애탄이 그 남자로부터 시작되고 끝나느냐?
실상에 허상을 덧입힌 사랑은 결혼의 물이란다
결혼은 가족을 이끌고 생활의 사막을 횡단하는 것!
사랑은 그 사막의 큰 물줄기인 것!
물 없이 사막을 건너는 것이
얼마나 삭막한 여행일 지 생각해 보아라
생활고에 찌든 물기 메마른 부부들을 주변에서 살펴보아라
죽는 날까지 고갈되지 않을
저수지 가득, 강물 가득, 바다 가득,
가득가득 채울 수 있는 사랑이 있다고 믿을 때
결혼을 생각하거라

육체

딸아, 몸을 안으면 무지개 놀라 뜨는 남자를 만났느냐?

겹쳐진 육신 안에서 순수와 순결의
고매한 눈매를 찾을 수 있었느냐?
육체는 부부의 성과 건강으로 가족을 받치는 대들보인 것!
대들보 무너져 쓸쓸히 바람만 휑한 폐가를 상상해 보아라
속궁합으로 이루는 육체의 극치가
삶의 중심이 될 수 있다고 믿으며
정신과 나란히 두고 육체를 연마하는 자만이
결혼 자격이 있다

정신

딸아, 남자를 존경하고 사모하느냐?
타인이 함부로 밀고 들어와 짓밟을 수 없는
총명과 지혜의 땅을 그 남자가 밤낮으로 일구고 있더냐?
존경과 사모는 오래 전승되어야 할 결혼의 미덕이다
정신은 선대에서 후대로 매듭지어 이으며
비옥한 결혼생활을 이어가는 끈!
진리를 향한 바른 가치관으로 살기를 원하여

조련을 거부하는 자유의 혼으로 빚어내는 그 남자의 영역을
잔소리의 창끝으로 찌르지 않고 지켜줄 수 있어야
결혼 생활은 기름질 수 있다

물질

딸아, 남자가 돈을 벌어 가계를 꾸려나갈 능력이 있더냐?
돈 때문에 행복이 가출하여
참혹하고 억울한 시절이 올 수 있다는 것을
그 남자가 인지하고 있더냐?
돈은 사랑육체정신과 비중을 같이 두어
머리 쓰고 손발 빠르게 자신의 생명과 맞바꾸어 얻어야
하고
써야 할 곳에 쓰여져야 한다
돈은
한파를 막는 집이 되고,
식탁의 곡식이 되고,
아이들의 정신을 끌어 올 선생님이 되고,

미래를 이끄는 등대가 되는 것!
돈이 결혼의 공식을 푸는 열쇠라는 것을 알아야
풍요로운 결혼생활을 할 수 있다

선운사에서 오르가슴을 배우다

선운사 극락전 오르는 길에서 본다
오셨던 것처럼 표시 없이 가라는 팻말

내가 네 안에서 극락이 되는 법
네가 내 안에서 극락이 되는 법
이승의 극락; 오르가슴에 오르는 방법을 배운다

빈손으로 왔다가 빈 마음으로 가는 것이
인간이 오를 수 있는 최고의 경지이듯이
사랑하는 연인과 합궁할 때는
극락전 앞 눈감아도 선한 영묘한 풍경
올 때처럼 놓고 가고
언 손으로 잡았던 계단 쇳대
삶의 지탱 위해 획득한 자랑스런 훈장
처음처럼 내려놓고
물건 놓고 마음놓고 무겁게 오르지 않아야
무아의 경지
오르가슴
그 먼 하늘 극락당에 오를 수 있다

사랑의 신음소리

사랑은 덫! 결혼
덫인 줄 알면서
덫에 친 아픔과 어리석음으로 가슴을 치면서
사랑의 덫; 결혼 생활을 하는 부부들 많다

부부의 사랑을 겹겹이 풀어보면
상처가 더 많아
사랑이 깊은 만큼 상처가 더 깊어

사랑했다는 죄명으로
죽는 날까지 가정을 꾸리라는
종신형을 선고받고 내지르는 신음소리
하느님도 괴로워 잠 못 드는 신음소리

그! 러! 나!
신음소리 높을수록 좋을 때 있다
침대 위 사랑의 신음소리
상으로 주어지는

세상을 지탱하는 힘; 사랑의 신음소리
높게, 멀리, 오래 퍼져라!

침상에서는 말을 놓치는 것이 좋아

침상에서는 말을 놓치는 것이 좋아
아, 아, 오, 오, 양성모음들
개구쟁이 덤블링하듯 뛰놀게 하는 것이 좋아
입맞춤이 나아가는 대로
눈금자와 저울의 눈을 가진 말들이 세우고
되먹지 않은 솜씨로 말이 가치를 재단하는
문명은 방밖으로 물러나고
침실 아래
시멘트 건물 저 한참 아래
원형을 향해 거꾸로 키 크는 석순들
빛보다 긴 생명의 지하수
영원히 뜨거운 침묵의 용암
을 만나는 태초의 시간에는
말을 놓치는 것이 좋아
돈으로 환산되지 않는 가치
가치 이전 이후의 가치
인간이 되찾아야 할 싱싱한 원시적 가치
를 찾아 침상에 오를 때에는
숫처녀, 숫총각, 숫인간, 숫동물, 숫세포가 되어

말을 놓치는 것이 좋아

아, 아, 아, 오, 오, 오 ……

아, 아, 아, 오, 오, 오 ……

아, 아, 아, 오, 오, 오 ……

아, 아, 아, 오, 오, 오 ……

정사 1

-눈 위에서-

달빛이 양보한 하늘 자리
태어난 지점부터 쌍분(雙墳)까지
날아내리는 하얀 입술들
삶을 훈훈하게 지키는 작은 입자들; 착한 소식들
시린 마음 녹이며 입에서 입으로 전달하듯
하얀 눈 겹겹으로 쌓이던 날
남녀 찾아 들어
머리에 쌓인 눈처럼 흰머리 나도록 길게 갈
부부의 인연 만들 사랑의 씨
씨주머니에 넣고 있다

눈들
서로 몸을 밀착시켜 연인을 받쳐주다
연인의 체열(體熱)이 뜨거울수록
삶에 밀고갈 용기와 도전 커갈 수 있도록
눈들
몸을 던져 사랑의 제단에 뿌리는 성수가 된다

살아서 선한 일 많이 하신 고인(故人)은
죽어서 만든 봉분으로
연인이 사랑의 역사 길게 이룰 수 있도록
바람 막으며 음덕 쌓고 있다

정사 2

숲이 수상하다
후르르륵 날개짓소리
교미 붙은 새 날아 오른다
고단한 길들 지워지고
새들은 몸짓으로 사랑한 일 기억하리라
먹이를 찾아 날아오를 때
그 기억 하나로 충분하리라
햇살이 나뭇잎 사이를 뚫고 몸을 들이는
순간,
여인이 남자의 머리를 덩굴손으로 감는다
숲이 풍요롭다

정사 3

-차안에서-

꽃나무 아름드리 가로수 아래
차안에서
미시령진부령한계령대관령구룡령육십령이화령조령죽령
금패령후치령태백령생베르나르고개 너머 고개 고개 너머
령 령 령 너머 또
굽이굽이 돌아돌아
그리움 푸는 대로
부우연 안개 차창에 풀리고 있는
실연(實演) 구경하다
벌게진 꽃눈들

정사 4

-길 위에서-

왕래가 끊어지고 있는 걸까?
잡초 여린 흙을 뚫고 일어나기 시작했고
지붕이 기울어지고 있는 외딴 빈 농가 오르는 길에
딱정벌레처럼 붙어 저 남녀는 무엇을 위해
저리 공을 들이고 있나
타향에 살아 오래도록 그리운 회포를
방안에 들일 새 없어 정(情)
고향의 풀냄새, 흙냄새 사이에 풀어놓는가
아니면, 없어지는 길 위에서 길을 묻고 있는가
아니다!
바람 앞에 길을 물어 십 년을 쌓은 타향살이
세월만큼 허망의 깊이 집히는 한숨
남이 만든 길 위를 십 년 걸어 머문 지점
습관의 갑옷만 단단할 뿐 처음 그 자리
타향에서 길을 잃고 남녀는
내주고 들여주고
길을 만들고 있다
태어나면서 낡아지는 빈 농가 같은 몸

억세게 자란 잡초로 점령당할 정신
인정하고 긍정하는 안타까운 시공간 벗어나
허공이 아닌
허실이 아닌
팔 안 가득 느껴지는 실체 안에서
폭죽 터트리며 고유한 길을 만들고 있다

정사 5

-빗속에서-

얼굴, 목, 겨드랑이, 다리 안쪽, 팔다리에
성수들이 붓다, 성체된 몸으로 둘이
예배하고 있다, 신이 내린 은총의 빗속에서
자신만을 위한 혼신의 시간
언제 인간은 오로지 자신만을 위해 사는가
언제 인간은 단순히 자기만의 축제 가지는가
주렁주렁 매달린 삶의 조롱박 페느라
바쳐지는 청춘의 푸른 피 서늘해져 갈수록
늘어가는 예민한 신경들에 조갈증이 들어 가우제를 지내도
자신만을 위한 해갈의 비는 내릴 것 같지 않다,
빗속으로 찾아 들어가지 않는 한
몸의 비 안으로 들어가지 않는 한

얼굴, 목, 겨드랑이, 다리 안쪽, 팔다리에
환희 묻은 물줄기 흐른다, 봉헌의 순간
순수 순백 순결의 순간 그 극치의 순간
나는 문득 없어진다, 아 통쾌하다
얼마나 인간이 꿈꾸며 바라던 일인가

입고 있던 세상의 의상으로부터 벗어남;
자신이 없어지는 일; 세상에 대한 반란;
너는 세상의 이득을 위해 살아야 하느니에 대한
기대로부터의 해방, 자유의 배를 타고
투명한 물줄기 들여다 본다
나는 나를 들여다 본다
투명한 욕망의 붉은 핏줄 보인다
물줄기 안에 물고기떼 헤엄치고
바닷말은 싱싱해져 몸을 힘차게 뒤척인다

정사 6

-강가에서-

상생의 자리
두 남녀 서로의 몸에
두레박을 던져 물을 긷고 있다
그들의 뿌리는 흠뻑 젖어 있다
뿌리를 적시고 있는 자들은
왜 그렇게 만족스러운 것일까?
만족의 대가는 무엇일까?
아버지와 어머니
그 이전의 아버지와 어머니
그 이전 이전의 아버지와 어머니 …… 가
뿌리를 적시던 자리
인간 생의 이전과 이후의 가교에
왜
황홀강을 배치했을까?
찾아오지 않으면 안되도록
뿌리를 적시지 않으면 안되도록
누가
환희의 강을 운영하며 이익을 챙기고 있을까?

정사 7

−모텔에서−

새벽
몸과 몸을 부비는 소리
두 마리 말을 침대 위에 풀어놓은 소리
어둠을 지우며 벽을 통과
기어이
옆 방 노총각 귀에 들었다

허벌나게 좋구먼
기억의 저편 짝사랑 여자와
열애 중

정사 8
-배 위에서-

육지에 떠 있는 커다란 배
바다
바다에 떠 있는 작은 배
통통배
통통배 갑판에 맞붙은 배
남녀

육지는 바다를 밀고
바다는 통통배를 끌고
통통배는 갑판을 흔들고
갑판은 남녀를 요동치게 하여
소금 만든다

남녀가 몸에서 길어 올린 소금기
바다에 흐른다
고시레 고시레
부패를 정화하는 바다

자위행위

살맛나지 않는 날
K는 어김없이 자위행위를 한다
살기가 무서운 날
일찍 가게문을 닫고 돌아와
성기를 손가락으로 잡으면
커지는 자신감, 부풀어 오르는 희망
네가 달리기 시작한 아버지의 몸속부터 빈손이었다
네가 도달한 첫 목표 지점 어머니의 몸속부터 빈손이었다
아버지의 숨소리로 돌진하라고
어머니의 신음소리로 수용하라고
아직은 오늘을 누릴
왕성한 몸이 있다고
위로하는 K 아닌 K를 만난다
욕망을 밀어 올리며
너는 생활의 포로가 아니다
잡은 한 가운데처럼 생활의 중심체이다 핵심이다
삶을 향해 포문을 열라고
실수하면 도전하고 실패하면 재기하라고

오락가락 손가락을 당겨 힘을 준다
만장 휘날리며 북 꽹과리 징 장고 소리에 맞춰
고싸움놀이 대장처럼 돌진한다
그렇지, 그래야지
삶의 목표는 이렇게 충만감 서린 지점에 세워져야
삶의 노동이 견딜만해지는 거야
그래, 지금이야
그 지점을 향해 거침없이 달려나갈 때야

정사신은 사라질 줄 모른다

지금은 정원으로 나가선 안 된다
젊은 할머니께서 정사신을 즐기시고 계시므로

할머니 정원 양지에 앉아
반쯤 눈 내려 감으시고 입귀를 올리시며
생부처 되시는 날 젊은 할아버지 오신다

할머니의 숫처녀 다비식
열반은 거짓이었다

하얀 명주천
적시던
붉은 핏자국 위에서
종말을 맞는 순교자처럼 우셨다

즐겁게 왔다 가시라고
먼 길을 오신 할아버지 위해
벌려주던 다리로 들어서던 칼날 거두고

할아버지 영영 가버리신 후
할머니 몸 전등은 정전되었다
다시는 점등되지 않았다
그래서 폐경이 빠르셨다

그 날부터였을까
아니면 그 이전부터였을까
색깔을 바꾸고 모습을 바꾼 기억들이 늘어섰다
무료한 여생의 덮개를 열어 기억을 찾아내고
기억을 편집하여 생생한 김 올라오는 시절로 바꾸셨다
무료한 시간은 복원되었다

이제 할머니의 의도대로 완벽하게 복구 편집된
정사신 사라질 줄 모르고
젊은 할머니 환희의 음계 눌러
미지근한 도취에 취하셨다

쉿! 지금은 절대 정원으로 들어서서는 안 된다
젊은 할머니의 침실문 열고 들어서는 건 예의가 아니므로

유혹에 무너지지 않는 나이는 슬프다

한창 때는
담쟁이덩굴 밤마다 성기를 벽에 박아
푸른 생명 연장하듯
이 여자 저 여자로 밤마다 홀러 다녔다는
노숙자 공영감 두 끼나 굶었다
공짜 국수 한 그릇 후르르륵 국물 더 얻어 후룩
주린 배 풀리자 게슴츠레 지나가는 여인네 치어다 본다
여자를 생각하니 대포 한 잔 간절하다
쌍과부댁 문턱에 서서 걸진 입담 몇 마디
싸가지 없는 년의 욕만 드립다 먹나 했더니
오늘 공영감 운발 받는다
맘씨 후덕한 너부데데 작은 과수댁 막걸리 한 대접 내민다
옛수! 얼른 자시구 가슈
공영감 냉큼 받아
여자 하나 술 속에 띄우고
새끼손가락으로 휘휘 저어
벌컥벌컥 해갈한다

섹스 중에는 이별이 없다

누군가를 진실로 사랑할 때
죽음보다 무서운 것은 이별
이별이란 너와 나 사이에
시공간이 생기는 것
섹스 중에는 이별이 없다
이별의 기미 이미 방문을 노크하고 있어도
너와 나 집약된 정신 속 몸 맞대고
만남 속에 정지해 있다

밤의 존재 이유

육체의 심지에 불 밝혀 영혼을 인도하는 성스런 의식
몇 부부가 이 순간 섹스하고 있을까?
각자의 길을 버리고 무사귀가의 정점에서
난감한 문제를 환하게 닦아세우는 부부의
안간힘이 끝난 후 미소를 묻혀 티슈를 건네 주거나
배꼽에 고인 땀방울 몸의 소금기 수건으로 닦아주고
번잡한 내일을 위한 삶의 밑천 만든 후
품에 안거나 안겨 잠든 이들을 덮고 있는 밤은
차마 빛의 스위치 누르지 못하고 오래 기도한다

제 3 부 몸은 거짓말하지 않는다

옷을 다 벗고 육체를 만져 보라

방밖으로 나가 잠들어 보면
방밖의 세상이 방이 되고 방이 바깥이 되듯이
정신에서 한 발짝 물러나 육체를 보면
육체는 정신의 하수인이나 노예가 아니다
정신과 대를 이루는 독립된 세계다
때로 육체가 정신을 끌고 간다, 병든이, 늙은이처럼
마음은 아직 한창인 데를 뇌며 양지바른 쪽을 찾아
눕는이의 소진은 정신이 아니라 육체다
이처럼 우리 소중한 삶의 핵심이
육체가 되는 경우가 얼마나 많은가
정신의 궤적 비껴 서서 육체를 들여다 보라
정신의 옷 다 벗고 육체를 만져 보라
일생 동안 정신이 깃들은 시간은 길지만
꽃 피는 순간처럼 병들고 노쇠하지 않은
열애하는 젊은 육체의 시간은 짧다
정신의 검열에 선명한 꽃잎;
육체가 시들어 가고 있다
시간은 정신보다 육체를 점령하여
죽음의 가지에 우리를 내건다

몸은 거짓말하지 않는다

울었다,
울었다,
울었다, 흰 국화를 들고
거짓의 땅에 세워진 허상을 증명하는
자동차로 부서진 그대의 몸;
사랑의 실체 감쪽같은 사라짐 앞에서

웃었다,
웃었다,
웃었다, 흰머리를 영혼을 향해 풀고 있는 향을 들고
갈증의 땅에 쾌감의 단비로 존재를 확인시키던
내 안 그대 몸의 기억;
사랑의 실체 눈부신 남겨짐 앞에서

사랑의 동반자살

사랑의 부표 둘
말간 저수지에
부풀려 띄워 놓았다

지켜진 사랑의 약속이 남긴 징표

하늘은
바짝 당겨 앉고
새들은 길을 찾는다

가시 울타리

그대가 사랑하는 사람을 꼭 안고 잠든 시간 사랑을 잃은 저는 번식력 강한 가시나무를 심장에 심고 말았습니다 가시나무는 오장육부를 꿰뚫고 구멍이란 구멍 모두에 줄기를 내어 온 몸을 칭칭 감았습니다 그대와의 사랑을 저도 이만 구겨서 버리자 내다 버리자 다짐하여도 가시나무 번식력처럼 저의 사랑은 질기고 질겨서 그대를 찾아 나섭니다 가시나무로 둘둘 말려 걸을 수가 없는 몸으로 텅 텅 구르기도 하고 땅을 가시로 찍고 끌며 밤이나 낮이나 그대를 찾아 다녔습니다 부옇게 새벽이 문을 비출 때 그대를 찾아 방문을 두드렸더니 그대는 화를 내셨습니다 사랑하는 사람이 놀라 잠을 깨었다고 꾸짖으십니다 그대의 눈은 사랑하는 사람에게만 열려 있어서 사랑하지 않는 저에게는 냉정합니다 가시에 찔려 피를 흘리고 아파해도 동정하지 않습니다 제가 사랑하기 때문에 겪어야 할 시련이고 선택에 따른 책임일 뿐이라고 하십니다 그렇게 고통스럽다면 사랑을 거두라고 하십니다 그러나 그대가 다른 여인에게 사랑의 눈이 열린 것처럼 저는 그대에게만 사랑의 눈이 열려 있습니다 그대는 사랑하는 사람을 안으러 들어가 다시는 문을 열어 주지 않으십니다 저는 다른 사람을 안을 수 없습니다 그대가 아니면 심장에서 자란 가시를 뽑아낼 수 없습니다. 다른 사람이 저를 안으려 해도 안을 수 없습니다 가시가 날 세워져 있기 때문입니다 그대가 나를 사랑하지 않으셔도 저는 방문밖을 지킵니다 그대와 가까이 있으면서 그대를 지킬 수 있다는 것이 기쁘고 행복합니다 가시나무에게 심장의 피를 더 내주고 키워서 그대가 계신 방을 빙 둘러쳤습니다

몸 꽂아 정신키우며 산 여자들

나는 남자를 처음부터 사랑하지 않았다
꺾꽂이 행운목이 화분 흙 속으로 밀어 넣어지듯
남자가 나에게 박힌 날부터 남자와 한 방에서 살았다
그 때 나는 너무 어렸다
내가 남자의 눈에 아름답게 든 죄로
남자는 나를 납치했고 방에 유배시켰다
방밖에는 자물쇠가 은빛을 받고 있었고
쇠창살은 햇살을 조각내고 있었다
여자는 길을 낸 남자에게 뿌리내리며 산다
는 남자들의 믿음대로 남자는 밤마다 정성으로 물을 주었다
여자는 두 남자에게 몸을 줄 수 없다
며 여자는 외길 삶에 실뿌리 내리고
몸의 길로 정신에 가 닿도록 빌었다
유리창을 투과한 파리한 햇살에 행운목이 마침내
십 년만에 꽃 피우듯
사랑한다 쑥스러워 말 못하는 정을 남자에게 느꼈다
이렇게 나는 몸 꽂아 정신키우며 살았다
나는 어머니였고 할머니였다

나는 어머니의 할머니였고, 할머니의 할머니였다.
나는 한국여자들이었다

성기 서지 않는 날

아내 앞에서
성기가 서지 않는 날
아내의 뒷모습 문밖으로 나가자
고개를 숙이고 바보같이 비죽 웃었다
퉁, 줄 끊어진 기타처럼
갖고 태어난 능력 다 써보지도 못하고
쓸모 없어지는구나
이렇게 세상 밖으로
밀려나 흐믈거리기 시작하는구나
시간은 무서운 놀이꾼
얼굴의 주름만 가져다 놓지 않고
간신히 지탱할 힘만 남겨 놓지 않고
세상 향해 돌진하던 원동력;
성기에 힘을 빼어
세상으로부터 헐렁해지게 만드는구나
시간은 내 몸을 갖고 노는 것에 싫증이 났구나
한 때 놀던 여자가 싫증나 떠나왔듯이
시간은 이별의 징후들을 몸 안에 장착해놓고

싹은 벽돌 무너뜨리듯
애드벌룬에서 바람 빼듯
힘의 닷줄을 툭 툭 끊으며
무너져 내리는 나를 겔겔 웃으며 즐기는구나
가진 것도 제대로 못 쓰고
시간 앞에 밀려나는 머저리 같은 놈
삶의 정액이 많이 남았다고 자만했더니
시간이 아직은 넉넉하다고 성욕을 벽장에 모셔놨더니
 다 쓴 치약처럼 벌써 세상 쓰레기통으로 떨어져 내리는
구나

노처녀 할머니의 찌든 얼굴

노처녀 할머니의 찌든 얼굴
수십 가지 취미 중 제일은 연애라고
남자들은 공공연히 떠벌리는데, 작은 할머니
물소리 찰랑이는 가슴벅찬 추억들 빛바랜 지 이미 오래
메마른 꼭지에 붙은 채 쪼그라드는 홍시 마냥
지리하게 길기만한 기다림에의 고착
안을 몸 구하지 못해 녹슬고
푸석거리는 육신의 파산

찬란한 성욕의 시간은 가고
애기집은 들인 것 없이 건조하게 메말라 갔으니
몸밖에 성(聖)스런 깃발 꽂아 놓은들
성(性)으로 만든 아이 하나만 하랴!
외로움의 깊은 무늬; 생 전반에 나타나는 굵은 흔적;
노처녀 할머니의 찌든 얼굴 속 열녀문은
뭐 그리 자랑할 만한 표식(標識)은 아니네

철길 버팀목처럼 섹스하며 살자

철길처럼 마주 나란히 평행선으로 가자
그러나 철길 버팀목처럼 섹스는 하자
쓸쓸함이 매일 밤 어둠을 몰고 침노할 때
버팀목 한 개 한 개 내려놓아 철길이 연장되듯
우리 섹스로 내일의 인연을 엮어 가자
섹스는 남녀의 만남을 밀고가는 힘
오늘 절망한 우리가 쉬어가라고 밤은 있다
밤을 잘 보내는 자는 섹스하고 잠드는 자
사랑하는 이가 습관처럼 등돌리고 잠들지 않도록
잘못된 습관에 길들여지지 않도록
포기각서의 도장 같은
섹스 없는 메마른 밤이 되지 않도록
철길 버팀목처럼 섹스하며 살자

성기

인간의 성기 안에는 말이 들어 있다
갈기 휘날리며 성기 안으로 들어간 말은
물기 머금은 주름길 안에서 말발굽을 멈추지 않는다
역사나 인간사는 영속을 향한 말몰이 반복이 아니더냐
여기서 전진과 후퇴의 말발굽은 파괴 후의 영광이 아니다
생성이 있을 뿐
말이 달리는 통로는 어디에 열려 있는가
성욕이 시작되면 말이 달린다
성감의 세포들 길을 내어 몸 전체가 말의 길이 된다
몸에 든 세계도 말의 길이 된다
세계 곳곳의 명소들 들여 말은 선경이 된다
성경험으로 아는 최고의 행복감이 의상을 걸치고
유토피아 사상이나 복음이 된다 진리가 된다
의상을 입은 말이 거리로 나가
학문이 되고, 철학이 되고, 밥이 되고, 모든 것이 된다

성기가 왜 중앙에 달렸는지
신께 물었다

성기가 왜 중앙에 달렸는지 신께 물었다

땅에서 재면
머리가 가장 높은 위치 다리가 가장 낮은 위치
하늘에서 재면
다리가 가장 높은 위치 머리가 가장 낮은 위치
가장 중심점에 행복의 복음을 달아 놓으셨다
성기처럼 나를 높여 타인을 무시하지 말고
성기처럼 남을 높여 나를 멸시하지 말며
행복해지기 위해서는
남자처럼 튀어나온 재능을 내세워 잘난 체 하지 말고
여자처럼 숨겨놓은 재능을 못보고 못난 체 하지 말고
남자가 여자에게 들 듯
여자가 남자를 들이 듯
새로운 세계를 넓혀 참 나를 발견해야 한다고 하셨다
남자나 여자나 혼자서는 행복해지기 어려운 것
뼈처럼 단단하여 변화를 싫어하지 말고
뼈처럼 날카로워 상처내고 받지 말고

성기처럼 부드럽게 변화를 수용하고
성기처럼 따뜻하게 상처를 감싸며
남자나 여자나 우열은 없으니
서로를 중심에 놓고
행복하게 살라는 말씀이셨다

화장실에서

화장실에 쪼그리고 앉아
할멈이 간 지가 이제 몇 해던가
할아버지 손가락을 꼽다가
얼굴만큼 쪼그라진 물건을
바라본다 만져본다 서지 않는다
장년기는 바쁘게 살았다기보다는 도둑맞았다
오줌 누고 자지 볼 시간도 없이 지치며 달렸다
그 사이 자지는 충실히 늙어 갔고
스쳐간 여자처럼 돈도 곁을 스쳐갈 뿐이란 걸 알 때쯤
청춘은 볼일보고 화장실 문닫는 것처럼
뒷모습을 저만치 보이며 손 흔들며 갔다
마른 장작 같아도 남루한 얼굴 부비면
말갛게 물들던 할멈도 갔다
인간이 만든 허상들: 권력
인간이 잘못 길들인 허욕: 금력
이 허구의 옷들 벗고 물큰하게 잡거나 넣던
할멈의 젊은 젖가슴, 구멍들 그립다
아무리 건드려도 쪼글쪼글 물건은 서지 않는다

물건은 서는 길을 버리고 할멈이 간 길을 가고 있다
분뇨처럼 썩어 거름되는 길
다섯의 아들딸 만들어 이득주고 돌아가는 길
다른 몸보다 먼저 알고 선지자처럼 가고 있다

성욕이 세상을 세운다

성욕이
인간의 삶을 이리저리 끌고 다니며
세상을 세웠다
지금도 세우고 있다
미래도 세울 것이다

성욕으로
배우자를 선택하고
아이를 낳으면
평생 갚아야 할 청구서 날아들어
죽는 날까지 갚을 것을 걱정한다
그래서 사람들은 직장을 버리지 못하고
즐거운 고행을 한다 가정을 꾸린다
세상을 지탱해 간다

사내의 여자

나는 창녀의 아들이었어
파란만장한 현실을 보태는 엄마의 남자들이
머리맡에 놓고 가는 지폐가 밥이 된다는 걸 알았을 때
나는 첫사랑에 빠져 있었지
시린 발로 귀가하면 기다리는 무참한 좌절
더는 견딜 수 없어 가출 한 후
생활을 지탱해준 건 여자였어
여자는 정거장이었지
머물 장소를 향한 기다림과 흥분을 주었으니까
한 정거장이 떠나면
사랑의 마침표에 울컥하며 기울이던 소주잔에
다른 정거장이 비춰들고 그러면 새로이 정거장을 세웠어
정거장을 바꿀수록 여자의 행색은 남루해졌고
나는 창녀의 아랫도리처럼 주름이 늘고 흰머리가 늘었어
엄마가 그리워 찾아갔지
나 떠난 후부터 시장 좌판에 나앉아 나를 기다렸다며
짓무른 눈을 질벅거리며 사랑을 고백한 첫 여자이자 마
지막 여자

시발점부터 종점까지 정거장마다 있던 여자들이
모두 엄마였다는 것 그 때 알았어
나는 단 한 여자 엄마만을 사랑한 거였어
내가 사랑한 여자는 성녀(聖女)였어

제 4 부 트럭 위에 실린 하늘

터미널

사내는 간의 ALT(SGPT), AST(AGOT)의 수치가 높아 출근을
거부당해서 왔던 길을
정상수치가 적힌 의사소견서를 가방에 여러 번 확인해 넣고
버스를 기다리고 있다
도착지와 시간을 명찰로 달고 있는 차는 아직 보이지
않는다
만나는 사람은 같아도 시간따라 관계가 달라지듯
장소는 같아도 시간은 배역을 다르게 맡기지
사내의 중얼거림에 제동을 걸면서
속도를 제로로 놓은 버스가 목적지를 향해 선다
'오늘도 무사히'란 잠언을 달고
사내는 입구로 반듯이 걸어서
차를 타는 역할을 능숙하게 해낸다
본능으로 운전사는 자기를 방어한다지
우리들 삶을 유지하는 기본 법칙이지
운전석 뒤에 자리를 잡자
백미러 안에는 차안 장면이 상영되고 있다
사내는 많은 양의 기억들을 과거로 전송한다

이정표를 세워 놓고 정해진 노선에 따라 살아야 하는
인생으로부터 자유롭자고
영화사에 취직을 했다
지키고 앉은자리마다 세워야 할 이정표가 있고
어릿광대 노릇 안 할 수 없어
만나는 사람 수 못잖게 술병을 비웠더니
급제동이 걸렸다, 간질환과 퇴사라는
속도를 늦추는 일은 마음의 브레이크가
고통을 담아 자신을 잘라내는 일이다
오랜만에 도착지의 속박에서 벗어나
새 이정표를 세우려고
무진 손사래쳐가며 술을 멀리하고 운동했으나
하던 장단 멈추지 못하고
돌아온 길 다시 접어 영화사에 복직을 부탁하러 가는
중이다
버스도 돌아온 길을 돌려 나간다
영화판에서 먹은 밥이 관록이 얼만데 나를 거절하겠나
자신감을 허물며 수상한 그림자 사내의 안길에서 속도
를 내고

아내와 아이들의 얼굴이 겹치자
잠시 짐을 내려놓자고 잠을 위해 의자 머리받이에 기댄다
기대요 눈 붙이고 잠시 잠들어요 목적지까지
의자가 말하는 소리를 들었을까 사내는 핸들을 잠 속으로 돌린다
버스는 터미널들이 얼레로 감아 늘였다 줄였다 하는 길을 일탈하고
구른다 한 번 두 번 그리고 여러 번
다가온 갑작스런 역할, 트럭을 피하려다 버스는 부서졌다
버스 안 사내
지상의 생가로부터 달려온 시간 배역을 끝내고
도착과 출발이 동시에 이뤄지는
죽음과 삶이 동시에 이뤄지는
새 터미널에서
차표를 받고 새 배역을 부여받는다.

베란다 꽃나무

다리가 마비된 도공, 그와 살기 위해
싼 가방을 들기 전
베란다 꽃나무에게 마지막 인사나 하려고
물바가지 들고 베란다에 내려섰더니
달빛 아래 잎새에 이슬을 묻혀보고 싶은
꿈꾸는 세상에 도달하기 위해
몸밖으로 무수한 물기를 증발시킨
꽃나무 목이 타고 있다
그를 향한 나의 갈망이 그러하듯이

땅 속에 묻어두고 있는 뿌리처럼
휠체어 위 그의 두 다리는
땅에 뿌리내린 사유(思惟)의 교각이 된 지 오래
꽃도 되지 못하고
열매도 되지 못하는
다른 사람들의 욕망서린 발걸음과 다르게
곧은 생각 머리에 길어 올려
그는 바가지 안 물처럼 깨끗하다

그의 휠체어 손잡이를 잡고
세상을 당당하게 밀고 싶어
얼른 꽃나무에 물을 준다

물을 주다 살갗을 뚫고 나오는
꽃망울을 보았다
꽃망울 밀어올리는
꽃나무 장기들은 어떻게 생겼을까
동일한 목질의 장기들
분분히 갈라져 세력을 다투지 않아
움직일 수 없어도
맑은 물 한 바가지 마시고 꽃을 피우는구나
그가 걸을 수 없어도
영롱한 도자기 빚어내는 힘 알게 된다
꽃몸으로 겨울을 밀어 봄을 피워내듯
그가 도자기로 다른 사람들 마음 꽃등되도록
도자기 빛을 물길으며 살기로 한 것은
참 잘한 일이다

그와 하나로 목질의 장기가 되려는 나는
한 자리 머물며 변함이 더딘 사랑
수성(樹性)의 사랑을 꿈꾼다

트럭 위에 실린 하늘

1

트럭 짐칸에 네모진 하늘
구름 몇 점 데불고
올라 앉아 있다
실렸다가 내리고 실렸다가 내리는
짐들이 있던 자리에
기막히게 하늘이 내려앉았다니!
살다보면 가끔은 반갑고 즐거운 짐들이 있다
연인의 기댄 어깨 같은

2

허드렛일에 목숨 걸고 살아온
운전기사 K씨
트럭 난간을 잡더니 펄쩍 뛰어 올라와
하늘로 쓰윽 들어간다
꿈의 틀 안에 들어섰을 때

인간은 행복해지나
K씨의 금니가 햇살에 반짝한다

3

돌연, K씨의 어깨 위에서
하늘이 기우뚱!
꿈이 무거웠을까?
짐이 무거웠을까?
행복의 중심점은 어느 지점에 있길래
사람들은 꿈을 놓지도 짐을 놓지도 못하는 걸까?

4

하늘이 하강하여
땅 위를 걸어가고 있다
행선지별로 무게별로 자리매김되면
주욱 흘러가는 사람들 사이로
사람들 하늘로 들어갔다 나올 때

행복의 무게 중심들 하나씩 비친다
하늘에 중심을 세우지 않은 건
안에 든 모든 것이 중심이 되라는 거구나

5

하늘을 시간 내에 배달하여 만족한
K씨 배시시 웃음 낮달로 하늘에 걸며
배달표에 사인 받는다

-대형 사각 거울 배달 완료-

도시에서 벌에 쏘이다

도시 한복판 건물 틈새에
벌들은 어느새 잠입하여
커다란 벌집을 만들었나
신기하여 가까이 다가갔다가
어이쿠, 벌에 이마를 쏘였네
잊고 있었던 벌침의 따가움이
사기맞아 가게 날리고
좌판에 앉은 신세 생각나게 하여
가슴 속 부화 빨갛게 부어오르네

인심 후한 식당 아줌마의 된장으로는
되알지게 쑤셔대는 벌독 쉽사리 제거되지 않네
얼굴 맞대면 반가웠던 사람
도시에서 이만한 사람 만나기 어렵지 싶은 사람이
길이 기지개를 펴기 전 열었던 도시의 생계터 가게를
꿀따가듯 보증으로 날아가게 하던 날
교미 끝낸 수펄처럼 쫓겨나
거대한 벌집 같은 도시에

몸닐 방 한 칸 마련하지 못하고 있으니
톡톡 쏘는 울분 언제 삭을까?

신새벽 리어카에 싣고 온 싸리비로
벌집을 옹골지게 터네
달려들던 벌침들
싸맨 얼굴 두꺼운 옷과 장갑 뚫지 못하고
쓰임새 높던 날개들 차가운 시멘트 위 까맣게 정지되었네
후련한 심정으로 옷 벗어 부치고 담배 한 대 물며
과일 좌판 벌여 과일 향기 도심에 보태고
통장에 넣을 지폐 몇 장 백동전 몇 개 헤아리고 있을 때
도망가던 몇 놈 벌 되돌아와
얼굴에 벌침 달린 엉덩이를 꾹꾹 눌러 박네

어이쿠!!!

교정에 흐르는 길

1

하늘이 불기운을 품고
창문의 살 속으로 힘줄을 깊게 꽂을 때
교내의 건물들은
풍상에 찌들지라도 무너지지 않는 몸으로
질서정연한 길을 찾아든 학생들을 품는다
목숨을 살아있는 목숨이 되게 하는 통로; 길들은
낯설은 세계 비밀문 열려는
학생들 안에 가득하다
세상 다녀간 무수한 생명들이 다져놓은 길보다
더 많은 길을 품고 사는 학생들이
바다를 당겨 교정에서 수평선까지 길을 놓는다
하늘을 당겨 교정에서 별까지 길을 만든다

2

학생들은 목숨이 가 닿을 수 있는

무게중심을 찾아 발걸음을 강의실로 옮긴다
발목에 묶인 바위덩이처럼
현실의 고통과 비애가 늘 따를 지라도
권력 앞의 비굴한 웃음보다
눈물 담은 가난한 진실을 배우는
시간은 비옥하다
주어진 삶을 찢어
새 살을 돋게 하는 학문은 고달픈 길이나
신바람나게 집어 든
푸른 교재를 들고 강의를 듣는다
하늘조차 가리지 못하는 착한 품성이 흐르는 길로
그리움이 흐르는 길로 부지런히 달려가
교수와 학생들
같은 길로 흐른다

3

진리의 횃불에 점등하기 위해

학생들은 각자의 길을 찾아 떠나야 한다
희망을 비상식량으로 품고서
희망은 길 떠나는 자의 에너지여서
거리마다 힘이 넘치고 집집마다 미래가 펄럭인다
희망은 상처의 꽃이고 열매여서
마음의 상처들마다
해답이 고이고 자유가 난다
그래서 길 떠나는 학생들
거리의 희망이 된다 상처 치유된 미래가 된다
그러나 길 떠나기 위해, 오늘은
고된 고뇌로 태어난
천심어린 함박 웃음 학생들의 얼굴에 가득한데
누가 이것을 지울 수 있으랴!
등굽은 노교수의 보폭에 걸음을 맞추며
지혜를 듣는 학생들의 두 귀에
서린 축복 누가 없애랴!

4

사람은 길에서 태어나 길에서 죽는다
길은 사람의 탄생과 죽음을 동시에 품고 있다
길은 겹쳐 있다
간 길, 가지 못한 길, 가야 할 길, 가지 않아야 할 길,
몇 개 몇 십 개 몇몇 천 개 그리고 무수히
그리하여 길은 통하지 않는 곳이 없어서
한 사람의 생애는
지워지지 않고, 없는 것처럼 있는
역사 속에 뉘우침 없이 쌓이리라!
거꾸로 매달아도 키 크는 고드름처럼
우주의 한 칸을 메우며 살리라!
그리하여, 오늘도
꽃피는 생을 위하여
마음이 야위어 가지 않도록
즉흥으로 불 밝히지 않는
교정의 가로등은 졸아도
학생들 귀갓길을 잊었다

독초

아무도 오거나 가지 않는 방을 빠져나와
호수를 배회하다
내 속에 갇힌 나를 발견한다
호수에 고인 물처럼
나는 나로부터 한 발짝이라도
나가본 적이 있는 것일까?
나를 나로부터 벗어나지
못하게 하는 것은 무엇일까?
의문스러워 내 안 호수로 자맥질하여 들어갔더니
내 삶이 고여 있다
내 삶의 수초들 자라고 있다
나를 향해 반가운 불을 켜고 왔다가
실망하거나 상처입고 간 사람들
수초에 손발이 묶여 파리하게 죽어가고 있다
수초는 향기를 머금고 있다가 독기를 쏘아댄다
머리가 어지럽다 피부가 따갑다 신경이 마비된다
아하, 이 향기에 취해 사람들 내 곁에 왔다가
독기에 사람들 떠나갔구나

독초는 나의 아집을 빨며
검푸르고 무성한 손발을 흔들어 대고 있다

음식점 수족관의 물고기

광어, 도다리, 우럭 모듬회
한 접시 포만하게 비우고 나서려는데
음식점 수족관의 광어, 도다리, 우럭
지느러미를 펄럭이며 헤엄치고 있다
방금 접시 위의 광어, 도다리, 우럭이 죽었기에
얻은 짧은 생명
짧으면 몇 십 분
길면 한두 달
손님이 선택할 때까지
유예된 시간만큼 지느러미를 흔들 것이다
나의 등이 근질근질하다
지느러미 돋아났다
이름 모를 이가 내 대신
사신에게 몸을 바쳤나보다
문밖이 온통 바닷물이다
나는 살아있음이 눈물겹고 감사하여
지느러미를 좌우로 흔들며 대차게 유영한다

114

피자 종업원이 피자 종업원을 본다

직장 동료와 찻집에 앉아
누가 승진할 것인가란 차를 마시다가
창밖을 보니
오토바이를 타고 피자를 배달하는 종업원이
또한
 오토바이를 타고 피자를 배달하는 종업원을
응시하고 있다
같은 직종의 사람들 팽팽한 관심과 의욕
도시와 인간의 삶을 지탱하는
저 경쟁의 탱탱한 시선
저 실핏줄 선 힘사위

불켜진 창문은 불켜진 창문이 반갑다

단단히 철근으로 몸을 묶어
허물어지는 순간까지
평생 이사하지 않고 마주보는 이웃
밤의 아파트 창문들
불켜진 창문은
불켜진 창문이
반갑다
사람은 같은 모습을 하고 있는
이웃이 있어야 안심이 된다
불켜진 창안의 같은 유행 같은 가구들
불켜진 창안의 익숙한 같은 습관들
불켜진 창안의 안락한 같은 질서
사람은 같은 생활을 하는
이웃이 있어야 살맛이 난다

사우나의 여자들

사우나에 여자들 가득하다

샤워기 내보는 물에 머리를 감고 있는 허리 잘록한 처녀 탕 속에 몸을 담그고 지긋이 뜨끈함을 즐기는 살집 좋은 여자 파도 물살에 흔들리는 뱃살을 맡기고 있는 여자 때를 밀고 있는 딸과 등을 맡기고 있는 어머니 용기로 물을 퍼서 끼얹고 있는 주름 깊은 할머니 물장구를 치면서 또래의 친구들과 신이 난 소녀들 때를 밀며 머리를 감으며 온탕 주변에 앉은 여자들 샤워기 앞에 서거나 앉은 여자들 때밀이 여자에게 몸을 맡기고 때를 미는 여자들 한증막에 앉거나 누워 열기를 견디느라 숨이 가쁜 여자들 온몸에 소금을 바르고 비닐로 감싸 땀샘을 여는 여자들

외에 많은 여자들 사우나에 있다

그러나,

사우나의 여자들 옷으로 우열을 가리지 않는다

〃	직업으로	〃
〃	학벌로	〃
〃	교양으로	〃

사우나는 평등의 땅이다
　　〃　　평화의 전당이다
　　〃　　행복의 옥상옥이다

뱀이 수로를 따라 흘러가네

직지사 안과 밖을 흐르며
전생현생후생의 연결 고리를 보여주는
수로에 뱀이 흘러간다
독오른 삼각 머리를 들고
수로 밖을 나서려면
머물던 물은 미련 없이 앞장 서 가버린다
마침내 뒤따르던 물이 뱀을 밀면
뱀은 순응하며 몇 미터를 흘러가다 고개를 든다
뱀이 반복의 몸짓을 계속하며 수로를 벗어나지 못하고
시야에서 사라져 갈 때
나는 전생현생후생의 구도를 본다
뱀의 비늘처럼 소름 돋아 사라지지 않는다
뱀의 꼬리 비늘에 스쳤던 물방울도
꼭 만나야 할 인연
뱀의 머리 올려 만났던 바람의 입자도
꼭 스쳐야 할 인연
정력에 좋은 놈 지나가네 내가 한 말도
꼭 뱉어야 할 인연의 말

수로의 뱀을 보며 알아지는 깨우침도
꼭 일어날 인연의 사고과정

미끄덩 풍덩

인연의 수로에서 만나고 헤어지는 사람들
전진밖에 모르는 뱀의 갑피 입고
내정된 행로를 따라 스치고 지나간다

좌판의 할머니들

직지사 입구 부처보다 먼저 반기는 건
오미자 구기자 번데기 올갱이 고사리 버섯
동그마니 앞에 놓은 좌판의 할머니들 웃음
시집와서 살림에 보태려고 시작한 일
갈 날이 머지 않은 지금까지 여전히 이어지고 있다
질기디 질긴 굴레의 풀이
모질디 모진 인연의 해답
풀어내려는 수행자들
직지사 안에 없고
직지사 입구에 할머니상으로 모여 앉았다

팔각정에 올라

커피를 뽑아들고 대청호 팔각정에 오른다
내 삶의 각은 몇 각인가
한두 각으로는 남보다 나은 삶 살 수 없다고
동서남북
동남동북서남서북남동남서북동북서
팔각보다 더 많게 부챗살처럼 일을 벌려놓고
조바심치던 모습 대청호 수면에 떠오른다
사방팔방 뛰어도 외로움 떨어내지 못하는
외로운 여자 하나 수면 위에 떠 있다
같은 색깔로 누워 부드러운 능선 만들며
기쁜 몸 흔드는 저 아래 물 같은 사람
자리를 옮기며 실리를 챙기지 않고
안의 혈관을 꺼내 어둠을 밝힐 물결의 등불 같은 사람
내 사랑 외로웠겠다
나 바빠서
커피 두 잔 뽑아들고
한두 각 잃더라도
사랑하는 이의 방문을 노크하러 가야겠다며
팔각정 계단을 내려온다

생리하는 남자

이 남자 생리 중입니다
생리통에 시달리고 있습니다
세상 촉각날 숫돌에 갈다가
세상 신경날 바윗돌에 갈다가
동쪽 하늘 바라보며
아래로 피를 쏟고 있습니다
이 남자의 직업은 전도사
순교자의 피를 난포세포에 담고 태어났습니다
만들어지지 않은 아이를
난산하는 과정 생리
이 남자는 생리 중입니다
네 거리에서 전단지를 뿌립니다
도로에 주님의 얼굴이 각인된 포스터를 붙였습니다
확성기로 기도하라고 합니다
주님의 땅에 함께 가야 한다고 부르짖습니다
그러나, 사람들은 주님의 얼굴을 밟고 갑니다
확성기 소리에 신경질을 부립니다
네 거리에 많은 사람들 받았다가 버린 전단지에
생리혈 묻어 있습니다

성(性), 드러냄과 가림의 길 위에서

"성(性)은 꽃처럼 향기롭고, 똥처럼 악취난다. 성은 극과 극인 두 냄새, 향기와 악취를 동시에 머금고 있다."

아니다, 성이 냄새를 머금고 있다는 말을 수정해야겠다. 무취의 성일 뿐인데, 인간이 냄새를 만들어 느낄 뿐이다로. 드러냄과 가림에 의해서.

"성에 대하여 얼마나 드러내고 가릴 것인가?"

이것이 나의 세 번째 시집 <정사>의 중심이다. 주섬주섬 생각을 모아 시집 두 권을 엮고 보니, 관심과 표현이 틀 안에서 새로움을 잃어버린 것을 느끼게 되었다. 관심이 가는 대상이나 그에 대한 표현이 한 가정의 아이들처럼 닮아 버리는 것이다. 아하, 이래서 시인들이 소재의 빈곤을 느끼고, 표현의 한계를 느껴 말문을 열지 못하는구나. 이해의 순간 탈출구를 찾아야 했다. 주제로 가 보자. 한 주제를 가지고 소설을 엮듯이 논문을 쓰듯이 주제 여행을 떠나보자. 그래서, 가장 관심도가 높고 쓰고 싶어 몸살날 만한 주제를 찾아 보았는데, 그것이 성이었다. 성에 대해서 하고 싶은 말을 해야겠다고 생각하자 단 시간에 이 말 저 말이 풀렸다.

성이라는 주제를 가지고 글을 쓰면서 나는 나에게 놀랐다. 성에 대한 관심이 이렇게 깊고도 높을 줄이야. 남도 마찬가지이리라.

나는 옷을 벗기려 했다. 가리고 감췄던 성의 옷을 벗겨보려 했다. 그러나 성(性), 드러냄과 가림의 길 위에서 겹겹으로 입은 관습과 편견의 안목으로 얼마나 벗겨낼 수 있었는지.

1부에서 3부까지는 성에 관련된 글이 중심을 이뤘고, 4부는 그 동안 써놓은 시들을 정리하여 붙였다. 4부는 특별한 지향점 없이 떠오르는 상을 좇아 쓴 것이라 이에 대한 언급은 하지 않겠다.

1. 사랑의 길떠남

1부는 처녀가 이성을 만나 사랑하고 결혼하기까지 겪을 만한 사건이나 경험을 형상화했다.

소녀 시절, 나는 남자와의 성을 두려워했다. 가장 큰 이유가 교육이었다. 선생님이나 부모님, 그리고 어른들은 여자가 순결을 지키는 것은 대단히 중요한 일이며, 남자는 늑대처럼 여자의 순결을 탐한다고 가르쳤다. 친아버지를 제외하고는 어느 누구도 믿지 말라고 하셨다. 그러한 교육 때문에 나는 순결을 잃은 여자는 더러운 여자로 자존심을 지키며 사회생활을 할 수 없다고 생각했다. 온전한 여자로 살 수가 없다고 믿었다. 여자로서 순결을 잃기보다는 생명을 잃고 싶을 정도였다.

둘째 이유는 잡지와 고전이었다. 독서력이 왕성했으나 읽을 만한 책이 많지 않았던 나는 손에 잡히는 글은 무엇이나 읽곤 했다. 남자와 여자의 관계에 대해 왜곡시킨 잡지는 오빠가 보다 놓아둔 『선데이 서울』이었다. 첫 면에서 끝 면까지 읽곤 했는데, 비디오나 음란물을 접할 수 없던 나에게 그 잡지의 내용은 나의 흥미를 온통 끌어 당겼다. 남자와 손을 잡는 것조차 순결을 잃는 것이라고 믿던 시절에 그런 내용에 관심이 가는 것은 본능의 작용이 컸을 것이다. 지금도 잊히지 않는 것은 여자가 남자에게 순결을 짓밟히고 이용당하다 버림받는 내용과 순결을 지키지 못하고 첫날밤을 맞이했다가 이혼 당하는 내용이었다. 그래서, 나는 결혼할 남자에게 첫순결을 바쳐야 하고, 절대 결혼 전에는 아무리 사랑해도 남자와 잠을 자서는 안 된다고 믿었다. 고전인 토마스 하디의 『테스』는 열여섯 살에 읽었는데, 읽고 나서 삼일 밤을 잠들지 못했다. 겁탈이 용서받기 어려운 죄가 되어 고난을 짊어지고 죽어가던 순결한 테스를 위해 울었다. 남자들은 여자를 운명의 구렁텅이에 몰아

넣는 채찍과 같은 존재이고, 사랑의 아름다움을 더럽히는 악한들이었다. 그 시절의 나는 자신들의 순결은 돌보지 않으면서 사랑을 왜곡시키는 남자와 사랑에 빠지고 육체를 나눈다는 것은 불가능해 보였다.

셋째 이유는 남자들의 외도였다. 가난하여 새벽부터 밤 늦게까지 일하는 불쌍한 여인들은 사랑받음도 가난했다. 남자들의 외도에 고통받으며 너덜거리는 삶을 지탱하는 주변 여자들의 울음과 분노와 자탄의 모습은 같은 여자로서 피해의식에 사로잡히게 만들었다. 이것은 남자에게 당하며 살지는 않겠다는 생각의 뿌리가 되었다.

남자와의 육체 관계는 추하고 무서운 것으로 생각하던 소녀 시절이었지만 좋은 가치관을 주는 경험도 있었다. 성은 아름답다는 글을 읽게 된 것이었다. 정확히는 기억나지 않지만 『성은 아름다워라』라는 제목이었던 것 같다. 성은 인간이 누리는 축복의 하나이며, 절제된 성행위는 아름다운 것이라는 주제를 담고 있었던 것으로 기억한다. 이 글은 실제 내가 남자와 사랑을 할 때 나의 중요한 지침이 되어 주었다.

다른 하나는 기독교의 심취였다. 내가 태어나기 전부터 천주교를 믿으셨던 할머니의 영향으로 성당에 다니기도 했다. 그러다가 기독교 학교인 고등학교에 다니면서 교회에 다녔는데, 천성적으로 열정이 높아서 새벽 기도부터 저녁 예배까지 광적인 신도의 모습을 보이기도 했다. 입시에 전념하지 않고 교회에 빠져 버린 딸의 장래를 생각하신 아버지가 식사하시다 교회에 그만 다닐 것을 종용하신 적이 있었다. 완강히 거부하자 밥그릇을 던지셨다. 집을 나가겠다고 울던 나를 할머니께서 다독이셨다. 이렇듯 푹 **빠졌던** 기독교의 사상은 사랑으로 여기서의 영향은 절대자에게 받는 변함 없고, 무한한 사랑받음과 타인에 대한 사랑나누기였다. 이러한 사랑의 경험은 내가 남자와 사랑할 때 영원성을 지향하게 했고, 자아 사랑을 넘어 서서 남자에게 베풀려는 기본 자세를 갖게 했다.

성적 욕망은 봄기운을 받으면 맺히는 꽃봉오리이다. 육체가 여물어 사랑할 수 있는 기반이 닦이면 저절로 성적 욕망이 몸 안을 채우며, 이에 따라 순리대로 이성에 관심이 간다.

> 내 안에 또 다른 내가 있다
> 그리운, 참말로 몹시 보고픈
> 내 안에 진짜 내가 있다
> 거부할 수 없는, 절대로 놓아줄 수 없는
>
> 사랑으로 네게서 하늘의 비밀을 들으며
> 사랑으로 내게서 세상의 중심을 발견하며
>
> "오롯이, 사랑으로 살다, 살다, 영원히 살라"는
> 신의 선물, 신의 섭리 함께 차근차근 풀어갈
>
> 한 남자 벌떡 일어나 손을 든다
> 처녀의 문 밀고 들어서는 나를 알아보고
> ─ 「첫데이트」 일부

19살 후반이 되자 혼자나 여자 친구로는 채울 수 없는 외로움이 가슴에 떠돌고, 육체 관계는 갖지 않고 정신적 대화만 할 수 있는 이성이 있었으면 좋겠다는 생각이 머릿속을 채웠다. 고등학교 졸업식을 마치자마자 찾은 것은 교회였다. 감사의 기도와 더불어 정신적 대화를 할 수 있는 남자 친구를 만나게 해달라고 기도했다. 참 신기한 일이었다. 기도를 하고 일어서자마자 사진 두 장을 들고 신도가 다가와 남자를 소개했다.

아는 것 많고 언변술 높은 첫사랑을 만난 것이었다. 그와 속리산에 놀러간 기억이 지금도 새록새록하다. 2월의 잔설이 남아 통행금지란 팻말을 세워둔 길을 따라 문장대에 오르고 내릴 때, 신발이 미끄러운 단화라 여간 힘든 것이 아니었다. 웃으며 손을 내미는 그와의 신체적 접촉을 피하려고 니뭇가지를 붙잡고 오를 때까지는 괜찮았는데 내려갈 때 문제가 생겼다. 너무 미끄럽고 중간에 잡을 만한 마땅한 가지가 없었다. 거절을 받은 그가 다시 손을 내밀었는데, 나는 붙잡을 만한 가지가 있는 지점에서 다리로 나를 막아달라고 했다. 앉아서 미끄럼을 타고 내려가다가 양손으로 가지를 잡으며 위기를 면하곤 했다. 지금 돌아보면 순수를 지나쳐 결벽증 증세를 보인 병적인 행동이었다. 화장실 가는 뒷모습을 보일 수 없어 방광이 터질 것 같은 통증이 와도 화장실에 가지 않을 정도였으니까.

지하철을 타고 가다 두 남녀가 허리를 꼭 잡고 사랑스러워 죽겠다는 눈길을 주고받는 걸 보면 정말 부럽다. 팔

짱을 끼고 다정히 걷는 젊은 연인들을 보면 마음이 설렌다. 흘깃흘깃 그들에게 들키지 않으려고 시선을 죽이며, 나는 그들을 감상한다. 그들이 주변에 풍겨놓는 사랑의 향기가 전달되어 삶이 홍그러워진다.

그들이 처음 손을 잡고 포옹을 하고 키스를 하고 결합으로 누리는 성의 황홀을 이제는 곱게 채색하여 이해한다. 성은 상상에서 빛나던 단상 위의 황금상도 아니고, 질펀한 진흙탕 속의 미끄덩한 괴물도 아니라는 걸 경험으로 알았으니까. 사랑하는 사람끼리 나누는 성이 얼마나 기차게 좋은 것인지를 이해하니까.

> 처음 손을 잡고 바다를 걷는다
> 빛의 파장, 하얀 줄무늬 청색, 동해 물줄기
> 심장에 들이 부어져
> 순간 순간 열리고 닫히는
> 아뜩하고 소란한 황홀
>
> — 「첫포옹」 일부

> 기억 어디선가 맛보지 않았을까?
> 황홀이 단번에 만들어지는 혀의 감촉
> 새로이 내 혀에 구축되는 기막히고 오묘한 맛의 돌기!
>
> — 「첫키스」 일부

> 처녀막을 찢어
> 뿌리 대지에 박히듯 그대 내 안에 들여야
> 껍질이 벗겨진 견과류처럼 고소하고 맛있는

샘이 열린다
내 것을 파괴하는 소멸의 문 열어야
열락의 정원에 꽃이 피고 새가 운다
번지는 환희;
사랑하지 않을 수 없는 기막힌 선물;
아이를 얻는다

— 「처녀막을 찢어」 일부

딸아, 몸을 안으면 무지개 놀라 뜨는 남자를 만났
느냐?
겹쳐진 육신 안에서 순수와 순결의
고매한 눈매를 찾을 수 있었느냐?
육체는 부부의 성과 건강으로 가족을 받치는 대들
보인 것!
대들보 무너져 쓸쓸히 바람만 橫한 폐가를 상상해
보아라
속궁합으로 이루는 육체의 극치가
삶의 중심이 될 수 있다고 믿으며
정신과 나란히 두고 육체를 연마하는 자만이
결혼 자격이 있다

— 「결혼의 네 기둥」 일부

2. 합궁에 피는 꽃소식

남녀가 오르고 싶은 명소가 있다. 꽃이 흐드러지게 피
어 있고, 폭죽이 하늘을 메우며 터지고, 맑은 향기 진동하
는 남녀의 합궁!
어디서나 꽃이 아름답듯이 사랑의 자리는 어디서나 아

름답다. 그렇다면 불륜도 강간도 아름답다는 것이냐고 반문할 것이다. 불륜을 아름답다고 표현해서 미화하자는 것이 아니다. 도덕의 잣대로, 사회 정립의 잣대로 재면 고운 시선이 머물 자리가 없지만 순수히 그들 사랑만을 펼쳐 놓고 보면 아름다운 모양새가 나오고, 향기가 솟는다. 수많은 명작 중 불륜 아닌 남녀가 몇이나 되는가 헤아려 보라. 명작을 읽고 감동의 물결 속에 함께 숨쉬며 삶이 순화되는 것은 그 사랑의 깊이와 아픔을 이해하게 된 것이리라. 강간은 사랑이 아니다. 자신의 쾌락을 좇아 남을 기쁨이 아닌 고통의 절벽으로 밀어 넣는 것이므로 비난받아야 할 도둑질이다. 사랑의 개념 정립이 되어 있다면 그런 우매한 질문은 하지 않을 것이다. 사랑은 자기애와 구분되어야 하며 타인과 나누는 따스한 마음이고, 대화이며, 실행이다.

2부는 사회가 만들어 입힌 옷을 가능한 한 벗고, 교육이 끼워준 안경을 가능한 한 벗고, 초자아가 지시하는 기준을 가능한 한 치우고, 남녀간의 영육간의 합일인 성을 그렸다. 그런 옷을 벗으면 가벼워져서 사회, 교육, 초자아 등이 만들어내는 세계로부터 떨어져 또 다른 영역을 구축하며 아름다운 세계를 펼치는 성은 달콤하고 맛있다. 입안으로 들어온 맛있는 음식처럼 허상이 아니라 실체다. 사람이 실제 맛볼 수 있는 최고의 맛, 아, 진짜 맛다운 맛 성(性)!

바람 앞에 길을 물어 십 년을 쌓은 타향살이
세월만큼 허망의 깊이 집히는 한숨
남이 만든 길 위를 십 년 걸어 머문 지점

습관의 갑옷만 단단할 뿐 처음 그 자리
타향에서 길을 잃고 남녀는
내주고 들여주고
길을 만들고 있다
태어나면서 낡아지는 빈 농가 같은 몸
억세게 자란 잡초로 점령당할 정신
인정하고 긍정하는 안타까운 시공간 벗어나
허공이 아닌
허실이 아닌
팔 안 가득 느껴지는 실체 안에서
폭죽 터트리며 고유한 길을 만들고 있다

－「정사 4 － 길 위에서 」일부

　　나이 오십에 가까워 인간 삶을 돌아보니 모든 것은 다 부수적인 것이고, 자식 세상에 내놓는 일밖에 소중한 것이 없다라는 어느 선생님의 말씀이 떠오른다. 거시적 안목으로 보면 인생사 중 자식 낳아 세상 잇게 하는 것밖에 어떠한 의미 있는 일이 있으랴. 돈도 명예도 다 내가 살다가 자식이 뒤를 잇게 하는 받침대들인 것이다. 자식을 낳아 기르는 일은 너무나 복잡해서 힘이 많이 든다. 더구나 몇 번의 어려움이 지나면 끝이 나는 것이 아니라 장시간에 걸친 구속의 울타리 안에 갇혀서 온 공을 들여야 한다. 참으로 노역의 현장이다. 이러한 고역을 견디기엔 넘어야 할 산과 강이 많다. 산을 넘는 지팡이가 되고 강을 건너는 배의 노가 되는 것이 부부의 성이다. 하늘이 부부에게 노역의 대가로 준 선물이 성이다. 부부는 성을 누릴 자격이 있다. 생활고에서 벗어나 온통 둘만의 세계, 더 나아가 자기의 쾌감을 위한 세계에 자신을 던져 놓고 즐길 자격이 있다.

연인도 마찬가지다. 세상은 외풍으로 가득 차 있다. 인간은 내풍으로 가득 차 있다. 밖에서 부는 바람, 안에서 부는 바람 이렇게 안팎으로 치는 바람에 영혼이 찢기고, 육체는 낡아간다. 이럴 때 피난처는 연인의 가슴이고, 연인의 가슴은 유토피아이다. 극락의 땅에서 명예와 돈을 생각하고 끌어들여 성감을 죽이는 것은 풍요의 길을 버리고 황량한 벌판으로 나가는 어리석은 선택이다. 오로지 성이 세우고 만드는 세계에 몰입할 때가 가치 있는 시간이다. 자신의 진정성을 찾을 수 있는 의미 있는 순간이다.

> 얼굴, 목, 겨드랑이, 다리 안쪽, 팔다리에
> 환희 묻은 물줄기 흐른다, 봉헌의 순간
> 순수 순백 순결의 순간 그 극치의 순간
> 나는 문득 없어진다, 아 통쾌하다
> 얼마나 인간이 꿈꾸며 바라던 일인가
> 입고 있던 세상의 의상으로부터 벗어남;
> 자신이 없어지는 일; 세상에 대한 반란;
> 너는 세상의 이득을 위해 살아야 하느니에 대한
> 기대로부터의 해방, 자유의 배를 타고
> 투명한 물줄기 들여다 본다
> ─「정사 5 ─ 빗속에서」 일부

사랑의 강 안에 들어서지 못하고 강가만 거니는 사람들이 있다. 이별에의 상처가 두려워 선뜻 강 안에 몸과 마음

을 들이지 못한다. 슬프고 안타까운 일이다. 상대방도 촉각
이 열려 있어서 진짜 사랑을 하는 지, 계산하며 주변을 툭
툭 쳐보는 지 안다.

사람들이여! 사랑을 갈구하는 사람들이여!

두려워 말고 사랑의 문을 쑥 밀고 들어 서라. 사랑을
찾아 영육의 합일을 누릴 시간이 많지 않다. 신은 우리에
게 많은 시간을 허락하지 않으셨다. 모래시계는 지금 이
순간도 모래를 아래로 흘러 보내고 있다. 언제까지 망설이
다가 돌아서고, 찾다가 망설이겠느냐? 늙고 병들 시간이
다가오면, 신은 가차없이 우리에게서 성을 앗아간다. 조금
의 동정심도 없이. 누리라고 주어도 누리지 못한 네가 바
보라며.

이별의 두려움을 무서워 말라. 이별의 징후는 늘 문 앞
에 서 있지만 합궁할 때만은 이별의 신도 둘을 갈라놓지
못한다.

> 섹스 중에는 이별이 없다
> 이별의 기미 이미 방문을 노크하고 있어도
> 너와 나 집약된 정신 속 몸 맞대고
> 만남 속에 정지해 있다
> ─「섹스 중에는 이별이 없다」 일부

3. 몸의 미학, 그리고 힘

몸은 정신이 사는 집이다. 몸은 자연발생적으로 모양을

바꾼다. 부모의 도움으로 생겨났고, 자연의 순환으로 힘들이지 않고 모양새를 갖춘다. 그러나, 정신의 높이는 오랜 시간 공을 들여야 제대로 틀을 갖추고 작동한다. 그러다 보니 쾌락에 쉽게 접근할 수 있는 몸에 초점을 맞추기보다는 정신에 중심을 두었다. 정신을 몸보다 높이 평가하고, 몸을 단련하는 것보다 정신을 수양하는 것을 우위에 두었다.

그러나, 이는 시정되어야 한다. 사회의 두뇌 집단이나 사회를 이끄는 지도자층을 양반이라 하여 중시하고, 실제 생산을 책임지고 있는 귀한 집단인 민중을 평민이나 노비라 하여 천대하던 것과 다르지 않다. 몸과 정신은 똑같이 존중받아야 할 대상이다. 힘의 우위가 있을 수 없다. 몸이 없으면 정신이 머물 수 없고, 정신이 없으면 살아 있어도 살아 있다 할 수 없는 상태가 되기 때문이다.

3부는 정신의 하부 구조로 인식되는 몸이 아닌 정신과 나란히 존중할 존재로서의 몸을 표현했다. 몸 중에서도 성과 연결시켜 성이 사회에서 하는 역할과 능력을 검증하는 작업을 했다.

> 방밖으로 나가 잠들어 보면
> 방밖의 세상이 방이 되고 방이 바깥이 되듯이
> 정신에서 한 발짝 물러나 육체를 보면
> 육체는 정신의 하수인이나 노예가 아니다
> 정신과 대를 이루는 독립된 세계다
>
> ─「옷을 다 벗고 육체를 만져 보라」 일부

우리는 소중한 성을 벽장 깊숙이 가두고 부끄러움의 대상으로 여겨 성의 능력을 평가하지 않고 있다. 그 이유는 성이 주는 폭발적인 쾌락에 젖어 인간이 나아갈 목표점을 잃고 환락의 늪에 빠져 허우적거릴까봐 두려웠기 때문이다. 성에 대한 지식이 무지했던 시절에는 그렇게 감춰두고 무게 있는 회초리를 휘둘러 접근을 막는 것이 효과가 있었다. 그러나, 정보사회화 시대인 지금은 성의 지식이 노출되어 있다. 성이 가려져 있는 상태에서 벗겨져 있는 상태로 바뀐 것이다. 이런 시대에는 성에 대해 감추려고 노력할 것이 아니라 정립된 성의 개념과 가치관을 심어주는 것이 옳다.

성은 사회를 이끄는 핵심적인 힘이다. 성에 대한 관심으로 남녀가 만나고, 성을 통해서 아이를 낳고, 성을 중심으로 만들어진 가정이 사회를 지탱해 간다. 성의 힘과 성이 이룬 지대한 공을 안다면 우리는 성에게 감사하지 않을 수 없다. 성이 남녀의 환희에만 있지 않고, 사회의 중심축이라는 확인은 필요하다. 성의 소중함을 인지한다면 섹스가 얼마나 소중하게 다뤄야 할 귀한 존재인 지 알게 된다. 또한, 섹스가 주는 이익을 파악하여 활용할 수 있다. 성의 존엄성에 대한 인식은 우리 삶을 살찌우는 양식이 될 것이고, 우리 정신을 강하게 하는 기반이 될 것이다. 예로 사랑으로 부모가 침대에서 영육을 나누고, 어마어마한 확률을 통과해 태어난 '나'라는 존재가 얼마나 축복이고 귀한 존재인 지부터 면밀히 알고 가슴으로 받아 들인다면 아무리 가난해도, 아무리 신체적 장애라도 감사함의 기도를 드리지 않을 수 없을 것이다. 한 대상을 만나 섹스할 때도 오묘한 감정을 담을 그릇인 몸이 오래 지속되지 않고 한동안만 누릴 수 있는 유한성을 지녔다는 것을 알고 그 시간을 보낸다면 더욱더 상대와 자신에게 정성을 들일 것이다. 우리는 사장된 자원, 성에 대한 힘을 일으켜 세워 살기 어려워 죽겠다고 푸념하는 현대인의 활력이 되게 해야 한다.

인간의 성기 안에는 말이 들어 있다
갈기 휘날리며 성기 안으로 들어간 말은
물기 머금은 주름길 안에서 말발굽을 멈추지 않는다
역사나 인간사는 영속을 향한 말몰이 반복이 아니더냐
여기서 전진과 후퇴의 말발굽은 파괴 후의 영광이 아니다
생성이 있을 뿐
말이 달리는 통로는 어디에 열려 있는가
성욕이 시작되면 말이 달린다
성감의 세포들 길을 내어 몸 전체가 말의 길이 된다
몸에 든 세계도 말의 길이 된다
세계 곳곳의 명소들 들여 말은 선경이 된다
성경험으로 아는 최고의 행복감이 의상을 걸치고
유토피아 사상이나 복음이 된다 진리가 된다
의상을 입은 말이 거리로 나가
학문이 되고, 철학이 되고, 밥이 되고, 모든 것이 된다

－「성기」 전문

정 사

인쇄일 초판 1쇄   2002년 05월 25일
　　　　 2쇄   2015년 01월 23일
발행일 초판 1쇄   2002년 06월 01일
　　　　 2쇄   2015년 01월 25일

지은이 이 택 화
발행인 정 진 이
발행처 새미
등록일 1994.03.10, 제17-271호

서울시 강동구 성내동 447-11 현영빌딩 2층
Tel : 442-4623~4 Fax : 442-4625
www.kookhak.co.kr
E-mail : kookhak2001@hanmail.net
ISBN 978-89-5628-111-7
가 격 6,000원